Dedico esse conto à todos aqueles que me acompanharam durante essa jornada em tantos anos, desde o Brasil, passando pelo Canadá e terminando em Portugal.
Livro criado por Marcos Aragão
Aproveite a leitura
Pode conter linguagem não apropriada para menores de 18 anos. Leia por sua própria conta e risco.

CANOPY

História ambientada em Vancouver, BC, Canadá. Desperto numa sexta-feira chuvosa, rodeada pelos meus travesseiros de pena de ganso e meus cobertores de veludo, e saio do meio do dossel que cobre a cama, muitas vezes sou mal julgada como "solitária" por encher minha cama de lençóis e travesseiros confortáveis, para "compensar" alguém, mas caramba, e se eu só quisesse estar confortável?

Os raios de sol atravessam minha janela e o dossel acima de minha cama, branco como a primeira neve que cai no começo do inverno. Apesar de ser primavera e ainda estar frio, os raios de sol batem na minha cara e no meu esguio corpo e começam a me esquentar.

Minha mãe bate na porta lentamente e com força, 3 vezes, como ela sempre fazia desde que eu era pequena

-Filha? Está na hora, vamos, acorde

Produzo um som parecido com um certo tipo de grunhido preguiçoso, mas sou ignorada pela mãe

- Emma Bordeaux, se você não acordar agora terei que entrar no quarto

Me levantei preguiçosamente, com meu pijama branco de Jaws, organizo minhas madeixas loiras, passo um desodorante, lavo a cara, coloco Arctic Monkeys para tocar e vou me arrumar. Coloco uma t-shirt básica do The Smiths, minha banda preferida, e saio do quarto, desço as escadas, vou para cozinha e ponho um pedaço de pão de centeio na boca e saio correndo para a garagem, esperar minha amiga chegar para me dar carona. A cozinha cheirava a torradas quentinhas e a ovos com bacon, mas minha insônia não me permite dormir cedo e acordar cedo o suficiente para permitir o luxo de tomar um café da manhã completo.

-Filha! Você não vai comer nada?

-Não mãe, estou atrasada

- Vai querer ir comigo?

-Não mãe, vou com a Ella

Saí correndo. Ao chegar na garagem, encontrei-me com Ella esperando no seu Corolla. Ella tem uma beleza *exótica* como muitos diriam; tem cabelos longos e cacheados, negros como as penas de um corvo e sempre cheira a velas de abóbora e a perfume caro, seus olhos são penetrantes como os de um gato prestes a te atacar, mas em geral, ela é bem tranquila.

-Até que enfim né, lobo solitário- disse Ella

-Não me chama assim

-É como todos estão te chamando desde que você parou de sair com a gente

Olho para os lados para não ter que encarar Ella, apenas para ver neblina e casinhas em cores pastéis, uma casinha amarela, outra azul, outra rosa…

-Bom… eu tive que ter um tempo para mim mesma, sabe?- falei

-E porque esse tempo não poderia ser com seus amigos?

-Porque aí não seria um tempo para mim mesma...seria com amigos

Ella deu uma risadinha tímida, mas sabia que no fundo ela estava desconfortável. Nossa amizade não era a mesma que tínhamos quando éramos meninas bobas de 15 anos.

Ella começa a dirigir na rota para o trabalho, o silêncio estarrecedor do desconforto instaura-se. Passamos pelas casinhas coloridas, em tons pastéis, de Lynn Valley, o bairro que eu moro. Era um bairro calmo e tranquilo de se morar, com pessoas simples e com as casinhas em tons pastéis. Eu amo essas ruas onde as casas parecem as mesmas, você podia se perder nelas.

- Enfim... Emma, nossa! Quanta neblina tem hoje!

- Choveu a noite inteira, bem vinda a Vancouver - Disse, sarcástica

-Ah, eu ainda vou conseguir sair dessa cidade- Ella falou

-Tá planejando ir embora? O que tem de errado com Vancouver? Além da chuva quase diária

-Ah, não sei, Emma… eu queria ir pra Califórnia, sabe? Sul da Califórnia, tipo San Diego ou algum lugar com praia e que seja mais quentinho
-Nunca te imaginei sendo o tipo de pessoa que moraria num lugar desses
-Porque não?
-Sei lá, sempre te imaginei morando na Europa, em algum lugar chique assim- disse, brincando
Rimos juntas, por um momento imaginei como seria se tentasse se aproximar dela novamente e tentássemos ser amigas mais próximas.
-Mas então, você vai pra Kitsilano não é? Saí na correria e acabei até esquecendo de te perguntar quando saímos
Kitsilano ou "Kits" é um dos bairros mais "hips" de Vancouver, cheio de restaurantes veganos, vegetarianos, lojinhas com roupas de segunda mão e muita maconha, muita mesmo.
- Vou lá perto, e você vai para onde mesmo?
-Trabalhar né, minha mãe meio que me obrigou logo após as aulas acabarem eu ajudar o Eric na cafeteria da Granville
-Ah, Granville... Ok, é caminho…
E mais silêncio no carro, enquanto a neblina ameaçava se dissipar lentamente e revelar um céu alaranjado e de primavera.
- Emma, você está bem esses dias?
-Porque não estaria?
Ella olhou e decidiu não comentar sobre o assunto. Após quinze minutos, chegamos na Goodman's, cafeteria e livraria de Eric Goodman, empresário da área. Desci do carro e acenei:
-Obrigada, Ella, vou ficar te devendo uma
-De nada, Emma, relaxa, quando precisar de carona só avisar !

Entro na cafeteria e dou de cara com a Jamie, colega de trabalho. Jamie sempre está com o avental manchado de café e com os cabelos soltos, mesmo o Eric dizendo para prendê-los. Ela sempre cheira a morango, mas não a fruta, e sim aqueles doces de morango super industrializados que você acha em qualquer posto de gasolina. Ela tem uma personalidade bem diferente da minha, mas eu sempre gostei dela, principalmente por me ter acolhido tão bem na cafeteria quando eu comecei a trabalhar lá.

-Emmyy, você veio hoje! Do jeito que você é imaginei que ia ficar em casa fazendo decomposição na sua cama e assistindo Netflix

-Quase, mas minha mãe me obrigou a vir hoje, ela acha que não é "saudável" eu ficar em casa fazendo maratona de séries

-Hoje tá bem frio e as pessoas vão já chegar, se eu fosse você, colocava logo o uniforme e preparava os cafés matinais

-Ok

Coloquei meu uniforme, no caso um avental, escrito "QUEM PROVOU SABE QUE É BOM" e uma foto de uma xícara de café, e comecei a fazer os "cafés orgânicos matinais" que era um modo mais culto de dizer espresso. Gosto de observar os primeiros momentos da manhã antes dos clientes começarem a chegar. Tem uma paz, uma calmaria e uma atmosfera quentinha e aconchegante que eu só achava ali. O sol invadia a cafeteria através das persianas como se fosse uma raposa esperta, seus movimentos eram rápidos e quando nós menos esperávamos, a Goodman's já estava totalmente iluminada pela luz solar. O design da cafeteria também ajudava a manter essa atmosfera tranquila do local, as paredes eram feitas de tijolos mas pintadas de branco e as mesas eram mesas rústicas de madeira com alguns detalhes em cobre, que combinavam com as luzes em estilo industrial acima de nossas cabeças. Em geral, eu e Jamie sempre fomos tratadas muito bem, e Eric era um ótimo patrão.

-J, cadê o Eric?- perguntei, curiosa

-Ele não veio ainda, deve tá dormindo lá em cima

As horas se passaram tão rapidamente quanto o sol havia entrado na cafeteria de manhã, em pouco tempo eu e Jamie estávamos servindo mesas, limpando louças, fazendo café, esquentando croissants, bagels e outras coisas. Paramos de trabalhar às 12 horas, no horário de almoço. Sempre almoçamos no mesmo lugar: uma escada de metal que fica na parte de dentro da cozinha da cafeteria, a escada servia para acessar ao escritório de Eric, ou seja, terreno proibido para nós.

 J pegou uma Tupperware com uma salada e começou a comer como se não houvesse comido há meses. Fiquei olhando pra comida, mas sem fome.

-Ah desculpe, você quer um pouco? É que tava de dieta a semana toda e agora posso finalmente comer bem

Olhei para a tupperware dela, vi algumas folhas de alface, rúcula, uns mini tomates e alguns pedaços de queijo feta, e é isso.

-Não, não, estava apenas olhando e pensando nas minhas outras responsabilidades

-Como sua mãe tá? Fiquei sabendo que alguém da família de vocês morreu

-Ela está meio abalada ultimamente, desde que a vovó morreu ela tem ficado um pouco triste, mas acho que com o tempo ela supera

-Ah entendi, sei como é, meu tio morreu há uns dois anos mas até hoje meu pai não supera

O silêncio se estabelece na sala. Era colega de trabalho de Jamie já fazia alguns meses, mas ainda assim tinha dificuldade de puxar assunto com ela.
-Emma, vamos sair hoje?
-Sair? Eu? Sair de casa?- perguntei, assustada
-Vamos, por favor, é só por uma hora por favor por favor por favor
-Olha, vou pensar... para onde?
-Eu e uns amigos meus vamos se encontrar no Maximon, posso até arranjar alguém legal para você
-Não quero "alguém legal", mas tudo bem, vou com você para o Maximon, apesar de não curtir muito balada...
-Uhu!- ela vibrou, com as mãos para o alto e o colo cheio de alface que havia caído da tupperware
Eric desceu as escadas e nos viu conversando. Primeiro quis sorrir e falar normalmente conosco, ajeitou seus óculos redondos na cara e deu uma olhada para o relógio que ficava no seu pulso.
-Mas o quê? Suas pilantras, se já almoçaram vão trabalhar, agora!
Jamie se meteu no meio da escada, afrontando Eric de um modo sarcástico
-Ai Eric, dá um tempo né, você dormindo aí em cima e nós trabalhando desde as seis cheirando café e esquentando croissants
-Dormindo? Eu estava fazendo a contabilidade da empresa querida Jamie, e se você não sair do meio terei que tirá-la desse emprego
Jamie saiu do meio, virou de costas para ele e revirou os olhos. O relacionamento dos dois era meio conturbado, mas no fundo eu sabia que Eric nos tratava como um pai. Ele era uma figura reconfortante, afinal seu sobrenome fazia jus ao homem que ele é, ele sempre ajudava pessoas em necessidade e quando Jamie mais precisou de um

emprego, ele a contratou. Seus cabelos brancos e suas rugas apenas contavam a história de uma vida tão honesta mas dura que ele teve. Fomos trabalhar no balcão recebendo pedidos, enquanto Eric preparava cafés. Quando Eric ajudava, a cozinha ficava animada e tudo fluia bem melhor, ele trazia um calor humano para o café e normalmente o horário que ele fazia o café eram os horários de pico.Os cafés de Eric, segundo Jamie, eram os melhores da cidade, o problema é que às vezes ele demorava até meia hora para fazer um Cappuccino, o que nos atrasava.

O relógio barulhento da cozinha tiquetaqueava e com o tempo se passando, acabou chegando às cinco da tarde quando nós menos esperávamos. Eric fechou a loja, lavou a última louça e falou:

-Ok, expediente encerrado, podem ir para casa, pequenas pirraças

Jamie correu, pegou suas coisas, deu um beijo rápido na bochecha de Eric, que corou

-Jamie Hooligan! Sua louca

Jamie riu, me pegou pelo braço enquanto desabotoava o avental, que caiu no chão. E gritou, enquanto saímos da loja:

-Tchau senhor Eric, até segunda-feira

-Jamie, você é louca – falei, rindo

-Você vai querer carona para casa?

-J, você mora em Burnaby, muito longe e contra-mão da minha rota normal... vou poupar você de dirigir até North Vancouver, eu pego um ônibus...

-CLARO QUE NÃO! Emmy, eu deixo você em casa

Não discordei e entrei no carro dela, um carro branco e bem velho e sujo, mas ainda em um bom estado. No caminho, fiquei reconsiderando se realmente iria para o Maximon mais tarde. O Maxinon é uma boate no centro da cidade, famosa (e infame) por receber

muitas celebridades e pessoas de todos os tipos,
não era bem o meu tipo de lugar mas pensei "Nossa,
Jamie é tão boa comigo, seria um desrespeito não ir
e deixar ela triste". Após certo tempo, chegamos em
casa e saí do carro.
-Então Emmy, te vejo às oito na frente do Maximon?
Hesitei um pouco, mas falei, balançando a cabeça:
-Ok, às oito vou estar lá, tchau Jamie, valeu pela
carona!
Acenei para ela e vou entrando em casa, quando
vejo minha mãe no hall de entrada colocando água
em suas tão queridas hortênsias púrpuras, quando
sem querer ela derrama um pouco de areia com
água no seu vestido branco, sujando-o.
-Emma! Você chegou… que droga, me sujei toda-
ela disse, enquanto olhava e apalpava o vestido,
provavelmente pensando em como remover aquelas
manchas de lama
-Oi mãe, quer ajuda?
-Não, não precisa
-Tá bem, então...
-Como foi no trabalho? Deu para "render"?
-Sim, foi bom… mas estou cansada, vou subir
-Ok filha, só não esquece de arrumar seu quarto
Fui subindo as escadas e entrando no quarto, joguei
as coisas na escrivaninha e gritei:
-Mãe! Vou sair mais tarde com a Jamie ok?
-Você, saindo? Que bicho te mordeu?
-Decidi que vou ser festeira agora- falei, brincando
-A propósito, essa Jamie, é a vagabunda do
trabalho, filha daquela socialite gorda e esnobe?
A senhora Bordeaux, ou mãe, como eu a chamo,
sempre teve problemas com os Hooligans, uma
família riquíssima que mora do outro lado da cidade
e que até ganharam um reality show próprio, mas

acabou sendo cancelado dois meses depois de sua
estreia por falta de conteúdo.
-Não mãe, Jamie, a nerd do colégio, vou sair com ela
mas ela nem sequer bebe nada, tá bom? – Menti
Não gosto de mentir, mas minha mãe muitas vezes
me obrigava a mentir sem nem ela saber. Cresci
com tantas restrições e com a superproteção dela
que tive que arranjar jeitos de poder sair com minhas
amigas sem que ela ficasse ligando a cada meia
hora.
Cheguei no quarto e joguei tudo em cima da cama,
olhei o aplicativo do tempo, como sempre faço, e a
previsão era de que um temporal iria cair na
madrugada seguinte. Arrumei rapidamente minha
escrivaninha, uma mesa antiga que havia comprado
de uma loja de segunda mão só de produtos antigos.
Era uma mesa branca, mas com o tempo foi ficando
meio cinzenta. Minha mãe novamente chegou no
meu quarto e bateu 3 vezes na porta.
-Oi mãe, já estou arrumando o quarto, o que é?
Ela abriu a porta e me olhou, enquanto olhava
também o estado do meu quarto
-É que ontem você me deu essa tesoura para eu
aparar aquelas plantas lá de fora, aí só queria
devolver
Ela me entregou uma tesoura vermelha bem afiada,
como uma tesoura de costura, mas bem maior.
Coloquei em cima da escrivaninha, como sempre
faço com tudo que acho no meu quarto.
-Tá bem, obrigada, tchau- falei, fechando a porta na
cara dela de um modo meio grosseiro
Enquanto fechava a porta, ouvia na televisão da sala
um jornalista dizendo que uma depressão estaria
vindo sobre a costa leste dos Estados Unidos e do
Canadá, e chegaria a Vancouver.

Enchi a banheira, e enquanto esperava encher pus música triste dos anos 90 para tocar e esquentei a água da minha chaleira elétrica para fazer um chá de jasmim, enquanto dançava lentamente, me olhei no espelho com frases não-tão-motivacionais e mexi nos cabelos dourados como fios de ouro, enquanto me despi para tomar banho, olhei algumas mensagens no celular, pus o chá de lado, e observei que no fundo da xícara ironicamente as folhas se juntaram e formaram uma chaleira, ou algo parecido, ignorei e coloquei os sais de banho e entrei na banheira quente. Submergi.

Às oito, lá estava eu na frente do Maximon, esperando pela Jamie, com o meu vestido roxo-brilhante cheio de lantejoulas, meu cabelo escovado e ondulado, maquiagem básica meio "balada" e um salto prata que ganhei de uma das viagens da minha mãe. Fiquei esperando Jamie por alguns minutos, enquanto jogava alguns jogos no meu celular e observava as pessoas que entravam e saíam do Maxinon. O tempo começou a se fechar e comecei a ver algumas nuvens negras cobrindo a lua. A entrada do Maxinon era tão majestosa que chegava a ser frustrante quando você finalmente entrava lá. A boate foi construída sobre um teatro antigo que havia ali, e eles preservaram a fachada que tem uma linda arquitetura renascentista, mas o interior foi totalmente modificado e o palco de madeira e as cadeiras de veludo vermelho foram substituídos por uma pista de dança com neon e fumaça de festa que mais cheirava a algodão doce industrializado. Fico pensando o que o arquiteto original acharia dessa modificações, talvez infartasse com tanta desonra à sua obra de arte.

Jamie finalmente chegou, com um vestido preto *basic* aberto do lado, na perna, e do seu jeito de

sempre, mesma maquiagem, mesmo cabelo, mesmo
sorriso e uma alpargata da Chanel.
-Jamie! Aqui! - acenei e gritei
Jamie olhou e veio correndo, até me abraçar.
-EMMYY! Você veio mesmo!
-Como poderia não vir né amiga
-Claro, sabia que dessa vez você não ia furar
comigo, vamos entrar
-E aqueles seus amigos ?
-Eles já estão aí dentro; olha, consigo um pra você
na hora!
-Eu não acho necessário…
-Ok, vamos entrar- ela disse, segurando meu braço
E Jamie foi empurrando as pessoas da fila e
desviando dos seguranças da porta, quando um a
parava, ela mostrava a identidade falsa e deixaram
ela entrar, junto comigo. Passamos por um corredor
muito escuro, de paredes brancas mas que iam
ficando cada vez mais sujas quanto mais perto
chegávamos do fim do corredor, que dava na pista
de dança principal. Alguns espelhos ficavam
empedurados nas paredes brancas, e entre eles
algumas pinturas, uma pintura de um coelho
segurando um relógio particularmente me chamou a
atenção. Quando finalmente chegamos na pista de
dança, havia apenas um misto de fumaça, espelhos
e luzes que quase cegavam a gente. Havia um
cheiro doce no ar e por mais que estivesse cheio de
pessoas, comecei a sentir frio. The Chainsmokers
estava tocando muito alto e Jamie pegou minha mão
com força e me levou para a parte elevada da boate,
uma espécie de "camarote", estava tudo muito
barulhento e luminoso, muita gente lá dentro e
fumaça de festa sendo jogada nas nossas caras. Até
que subimos as escadas e tinha um lounge ali,
reservado e limitado por um paredão de vidro. O

segurança na porta nos olhou e começou a perguntar
-Nomes?- ele perguntou, de cara fechada
-Podemos entrar, Senhor…
E olhou para o crachá dele.
-Senhor Bill, podemos?- Falou sensualmente, mostrando seus documentos falsos e seu sorriso amarelo
-Nomes, por favor- disse e foi ignorado pela Jamie
-Ah e minha amiga também, ela na verdade é minha prima, aí você poderia liberar…?
-J! O que é isso? - Falei no ouvido dela
-Relaxe, vai dar certo- ela sussurrou de volta
Jamie passou 20 dólares na mão do segurança, que nos olhou e olhou para dentro do Lounge, e nos olhou de novo; balançou a cabeça e liberou o caminho.
-E é assim, querida Emma, que você consegue as coisa na vida
-Persuasão?
-Eu ia falar dinheiro e sex appeal… mas sim, persuasão
Jamie é carismática e simpática, mas não, ela não convenceria o segurança se não tivesse dado o dinheiro para ele
Entramos no Lounge VIP, que era sinalizado com uma placa enorme em neon "OLYMPUS LOUNGE" e era uma área melhor iluminada que o resto da boate, mas bem menor e lotada de bancadas de mármore com bebidas de todos os tipos, coquetéis, shots, garrafas inteiras de vodka e tequila,etc. Jamie pegou um shot, me deu outro e se aproximou de um sofá com várias pessoas, todos gritaram em conjunto "JAYYYYY", aparentemente Jamie era bem conhecida na boate.

-Olá gente, essa é minha amiga Emma, aquela do trabalho que eu vivo falando

Todos acenaram para mim. Uma garota loira que estava sentada junto com um *playboy* de óculos escuros fez questão de me estender seu braço para me cumprimentar, seu pulso estava cheio de pulseiras largas que tilintavam quando batiam umas nas outras e ela usava um enorme vestido rosa.

-Prazer, meu nome é Vênus, então você é a tal Emma?

-Prazer Vênus, sim, sou a Emma, não sabia que era tão conhecida aqui

-Você é! Jamie vive comentando sobre você, como é divertida no trabalho, essas coisas- ela disse, enquanto bebida um coquetel amarelado

-A propósito, belo nome, Vênus

Ela sorriu

-Valeu, Emma

Jamie apareceu por trás do meu ombro e olhou para Vênus

-Então, vejo que vocês já se conheceram!- ela disse, rindo e segurando uma garrafa de cerveja e um cigarro

O cheiro insuportável de álcool e cigarro juntou-se ao cheiro de algodão doce que saía da fumaça de festa, que antes era agradável e agora estava começando a me dar náuseas.

-E esse, Emma...- Falou, puxando um garoto loiro, desajeitado e meio magro do meio daquele pessoal- É o Pan, meu primo e melhor amigo. E essa Pan, é *aquela* menina que eu falo sobre.

Cumprimentei Pane apertei a mão dele, suada e trêmula.

-Olá, meu nome é Pan

-Oi Pan, é, meio que já sei disso...

Jamie ficou olhando para nós dois, percebeu o claro desconforto, deu uma garrafa inteira de vodka para Pan e nos empurrou para um dos sofás do lounge. Observei a mesinha de centro, vidro escuro e cheio de marcas brancas.
-Ok, agora vocês ficam aqui e já já eu volto , ok?
-Jamie, mas você..- falei
-Emmy, é rápido, já eu volto
Olhei para Jamie, enquanto ela se misturava com o público do lounge e desapareceu na multidão. Olhei para os lados, restava Pan para eu conversar, ele usava uma camiseta de marca e tinha um corte buzzcut no cabelo. Ele tentou puxar um assunto.
-Então… você curte... filmes?
-Amo filmes!- falei, tentando aparentar empolgada- que tipo de filme você gosta?
-Ah você sabe, os clássicos né?
Por um momento uma pequena chama de esperança acendeu, que ele fosse alguém interessante e com conteúdo. Falar de filmes me lembrou de Ella, que amava ver filmes antigos comigo.
-Clássicos? Tipo, o quê?
-Ah, vários, er… Transformers, Velozes e Furiosos, Duro de Matar…
-Pera, você está falando sério?
-Sim, são maravilhosos, né? Para mim, as obras-primas do cinema- ele disse, enquanto tomava vodka direto da garrafa
A chama de esperança se apagou dentro de mim. Um silêncio constrangedor, com música Dubstep no fundo, se estabeleceu. Ele decidiu falar
-Bom… que tal um coquetel? Posso ir lá no bar pegar pra você
-Seria ótimo, obrigado, eu espero aqui
-Ok

E ele foi em rumo ao bar, pegar um coquetel para mim. "É agora minha chance de fugir" pensei. Não sou louca a ponto de tomar a bebida de um lugar desses e ser dopada por alguém, ainda mais sabendo que foi esse tal de Pan que foi pegar. Disfarçadamente, me levantei do sofá, peguei minha bolsa e fui para o banheiro feminino. Ninguém percebeu minha saída discreta, a não ser Vênus, que me olhou de longe com seus enormes olhos e sua boca pintada de vermelho-sangue. Entrei no banheiro para ver várias garotas atrás de uma divisória consumindo substâncias *duvidosas* . Olhei para o espelho, que estava quebrado, e olhei para meu reflexo, dividido entre pelo menos umas 7 partes do espelho. Respirei, abri minha bolsa, peguei um frasco que Jamie havia deixado comigo e bebi o líquido que havia lá dentro, fiz uma careta e voltei a olhar meu reflexo. Retoquei a maquiagem e saí do banheiro. Quando saí, os amigos de Jamie já não estavam mais no sofá e tentei sair do lounge para procurar Jamie na pista de dança principal.
A cada segundo o espaço ficava menor, e os cheiros de cigarro, bebida, fumaça industrial e outros cheiros não reconhecíveis ficavam cada vez mais acentuados, comecei a me sentir meio tonta. Saí no meio da multidão de pessoas dançando na pista de dança, procurando Jamie. Vi uma garota loira de costas, fui em direção a ela, peguei no seu ombro e gritei para ela ouvir
-JAMIE?
A garota virou, não era Jamie.
-DESCULPA- disse
Estava ficando muito aflita com tanta gente e ninguém conhecido. Procurei alguma placa que indicasse a saída e fui andando em direção a uma das paredes da boate. Achei um corredor mal

iluminado e entrei nele. O corredor, com paredes
pretas, tinha várias portas, tentei abrir uma por uma,
mas nenhuma queria abrir. A última porta se abriu e
dois homens altos saíram de lá, arrisquei a sorte e
entrei por essa porta. Me deparei com um cômodo
com uma decoração marroquina, cheio de cortinas e
enfeites árabes nas paredes e lenços pendurados no
teto, como dosséis. Também haviam várias mesas
com jogos de pôquer e outros jogos que não
reconheci, olhei para ver se reconhecia alguém na
sala, mas tudo que recebi foram olhares de
estranhamento vindo de algumas pessoas no fundo
da sala que estavam jogando algum jogo de aposta.
Saí do cômodo e voltei para o corredor. Uma porta
estava semi aberta, com uma luz roxa, não sabia se
era a saída mas naquela altura do campeonato já
estava tão perdida que qualquer coisa servia. Entrei
nesse outro cômodo e vi uma mesa redonda com
várias cartas viradas para baixo. Meu primeiro
pensamento foi "Porque diabos tem um cômodo
árabe de jogos e apostas e também uma sala de
cartomante?" mas ignorei o pensamento. Não havia
ninguém nessa sala, que era bem menor que a
primeira, apenas eu. Haviam muitas cartas na mesa,
mas 3 cartas se destacavam entre todas, e estavam
viradas pra baixo. Eu, como curiosa, não pude não
ver as cartas, então as virei pra cima. A primeira
carta era um desenho de um homem vestido com
roupas largas e coloridas, e com algum tipo de
animal em suas pernas; no rodapé da carta, estava
escrito "le mat". A segunda carta lembrava um
casamento, eram duas pessoas, um homem e uma
mulher, em frente à um padre ou algo do tipo, e um
cupido no céu; no rodapé estava escrito "
L'amoureux". E finalmente a terceira carta era
bizarra, era um esqueleto como aqueles de desenho

animado, com várias mãos e cabeças nos pés. Essa última não tinha nenhum nome nela, apenas um número no topo, XIII. Quem dera eu fosse cartomante para entender o que elas significavam, mas de qualquer forma eu era cética e não acreditava em coisas do tipo. Então saí pela porta e de novo estava no corredor escuro, voltei para a barulhenta pista de dança e agora fui para o fundo da boate, com a esperança que conseguisse sair por lá. Para minha felicidade e surpresa, vi uma placa "EXIT" e uma porta debaixo dela.

Saí correndo em direção à saída, não olhei para os lados, só saí correndo e acabei conseguindo finalmente sair da boate, fui parar em um beco que fica ao lado do Maximon, fui andando até a frente do edifício. As ruas já estavam bem mais desertas e escuras. Pensei em chamar um táxi e tentei, mas não tinha wifi lá, apenas do lado de dentro da boate, e num parque próximo chamado Nelson Park, que distava umas 3 quadras dali. Fiquei meia hora pensando no que fazer, até que a bateria do meu celular chegou a 10%, e eu comecei a me desesperar.

Olhei para os lados , a distância até o Nelson Park não era tão grande assim, fui andando até lá, segurando minha mini bolsa e meu celular nas minhas mãos, gélidas e trêmulas, pelo medo e pelo frio da noite. O céu já não estava mais acolhedor e com cores quentes como mais cedo, estava negro e com nuvens ameaçadoras. Um vento gelado e forte soprava nas esquinas escuras do centro de Vancouver. As luzes frias e azuladas deixavam as ruas desoladoras.

 Ocasionalmente, alguns homens em becos olhavam e acenavam, mas obviamente eu nunca olhava de

volta, e por incrível que pareça, o resto do caminho foi tranquilo.
 Estava chegando ao Nelson Park, me conectei com a wifi da cidade, sentei num banco no meio do parque e chamei o táxi, que chegaria em cinco minutos. As árvores se mexiam por conta do vento forte, num burburinho constante, quanto mais tempo ouvia mais o chacoalhar das folhas parecia o som de pessoas sussurrando. Ao longe, vi um homem andando no escuro, com a luz azulada batendo no seu moletom que parecia ser roxo, estava de capuz e começou a entrar do outro lado do parque, por precaução peguei meu colar que havia ganhado da minha mãe como presente de 16 anos e coloquei na bolsa, com meu celular; passado um tempo, o táxi estava chegando e o homem de capuz roxo estava mais próximo, então fui na direção contrária a ele, me virei de costas e apressei o passo em rumo a avenida. Quando levantei a cabeça, vi outro homem com capuz preto quase na minha frente, numa bicicleta, ele acelerou, jogou a bicicleta por cima de mim, o que me fez cair no chão e ficar paralisada, então ele apontou uma faca para mim
-Passe a merda do celular e sua bolsa, AGORA, isso é um assalto!
Não reagi e estendi meu braço para o assaltante. Até que, em um relance, um homem, que ocorreu de ser o de capuz roxo, atacou o assaltante com um chute e um soco na cara, pegou sua arma e bateu na cara dele, fazendo-o desmaiar.
-Nossa, não é todo dia que você é assaltado em Vancouver, eh?-falou
Me afastei, rastejando, desse homem de capuz roxo que me "salvou" mas pensei "Deve ser outro assaltante querendo tomar vantagem, agora eu ferrei tudo, devo ter entrado em briga de gangue", me

arrastei até chegar no banco de madeira, ele percebeu o meu medo e desespero e parou de se aproximar.

-Desculpe, acho que a abordagem não foi muito boa- Falou, enquanto tirava o capuz e estendia a mão para me levantar- enfim, desculpe pelo susto, meu nome é James Harvey, o seu é…

Olhei para a face dele, coberta pela luz do poste, quando finalmente levantei pude ver como ele era, ele olhou para mim, com seus olhos tranquilos e claros como âmbar, suas sobrancelhas grossas, seu cabelo ondulado como um mar tempestuoso, seu maxilar bem definido e afiado e seu sorriso, contagiante e curador de tristezas, decidi falar.

-Oi, meu nome é Emma, Emma Bordeaux- disse, enquanto pegava na mão dele para me levantar

-Emma, creio que isso seja seu- falou ele, devolvendo minhas coisas - desculpa pela inconveniência

-Inconveniência?! Você salvou minha vida, eu acho- falei, ainda relutante

-Mas agora você está bem? Se machucou?

-Acho que não...obrigada

- Bom, seu celular quebrou, não foi?

Olhei pro celular e vi desligado, olhei para a rua e, nada de táxi.

-Na verdade, descarregou

-Ah, você estava esperando por alguém?

-Sim...porque a pergunta?

-Desculpa, eu sou intrometido, não deveria ter perguntado…

-Bom… estava esperando minha amiga, ela meio que combinou de me deixar em casa, sabe?- Menti, meio refusa a ele

-Sua amiga? Achei que estava esperando um ônibus ou táxi ou algo do tipo. Bom, se é isso mesmo, tudo bem.- ele disse, virando-se de costas
-Desculpe eu menti, estava esperando por um táxi mas acho que ele foi embora, então *agora* eu estou esperando minha amiga sair da festa e me deixar, ou algum amigo dela, sei lá
-Vai ficar esperando aqui? Essa parte da cidade não costuma ser tão perigosa de dia, mas essa hora... e vai cair um temporal também
Ignorei ele e cruzei os braços, olhando pra rua em direção ao Maxinon. É óbvio que Jamie não iria sair tão cedo de lá, e mesmo se saísse é muito difícil que ela se lembrasse de mim no estado em que estava. Bateu a preocupação e comecei a pensar se ela estava bem lá dentro.
-Emma, acho que sua amiga não vai sair tão cedo, essas festas só acabam por volta das 4 da manhã
-Eu espero aqui, então
Me sentei no banco, enquanto ele olhava para minha cara.
-Você sabe que ela não vai vir tão cedo, não é?
-Uma hora ela vai ter que sair de lá
Ele sentou do meu lado e ficamos alguns minutos parados
-E você, o que estava fazendo andando pelo centro de capuz essa hora da noite?- indaguei, desconfiada
-Tratando de algumas encomendas, acabei passando por aqui e vi um assalto... decidi ajudar
-Ah, obrigado por isso, de novo- falei, meio sem graça
-Bom, foi meio que uma obrigação moral...
-Porque? Você salva muitas meninas de assaltos?- falei, sarcasticamente
-Ah, só às sextas-feiras
Demos um leve riso juntos.

Passaram uns 20 minutos e nem sinal da Jamie ou de qualquer pessoa conhecida saindo da boate. Comecei a sentir uns pingos de chuva caindo no meu ombro.

-Sabe, por mais estranho que isso soe, eu tenho uma picape, é aquela laranja ali da esquina, e posso deixar você em casa, ou aonde você queira, dependendo do quão longe você mora- James disse Olhei para picape no final da rua, realmente era um carro normal e não parecia ser um carro de um assassino que persegue garotinhas a noite (não que haja um padrão de carro para isso) mas, e se fosse mentira? E se na verdade ele fosse um sequestrador ou maníaco sexual coisa do tipo? Era esse tipo de situação que minha mãe sempre havia alertado sobre. Poderia acordar sem um rim, ou uma perna, ou pior. "melhor não", pensei, mas, qual seria a outra forma de sair dali, minhas opções eram limitadas, ou ficava ali esperando a Jamie sair da festa, talvez esperando por horas no escuro e sozinha no centro e à deriva no meio da tempestade que iria cair ou pegava carona com esse desconhecido que ao menos me livrou de um assalto. Mas que coisa mais estranha, ele me oferecer carona assim, sem pedir nada em troca, ao menos dinheiro?

-Olha, relaxa, eu sei que parece estranho um total desconhecido chegar e te oferecer carona no meio da noite mas prometo que não sou nada além de um jovem trabalhador que estava passando por aqui...se quiser eu posso te emprestar meu celular e você ligar para algum táxi ou para sua mãe ou seu pai ou a pessoa que você mora...

-Você quer que eu lhe pague quanto, pela carona que vai me dar?- falei, enquanto tirava 15 dólares da

bolsa, enquanto ele fazia um gesto recusando o
dinheiro
-Emma, não precisa me pagar nada, pelo amor de
Deus, eu lhe deixo em casa de graça, é só uma
carona, nada mais que isso.
Ele pareceu muito simpático e não mentiroso, mas
ainda assim, precisava de algo para acreditar nele.
-Escuta, James, não é? Você não vai pedir NADA
em troca da carona, promete?
-Bom…
Sabia que aí vinha bomba, vindo de um homem não
poderia ser nada bom
-Na verdade eu preciso passar em Deep Cove antes
de te deixar, minha mãe precisa de umas frutas pro
restaurante dela
Felizmente, a "bomba" não explodiu como eu
esperava
-Sua mãe trabalha em um restaurante? Nossa que
legal, qual o nome?
-Nosedive, é um perto da marina de Deep Cove
Deep Cove é um bairro de Vancouver ou pra ser
mais específica, um bairro de North Vancouver, e
tem uma marinha e uma grande floresta. Também é
um bairro cheio de ricos, ursos nas florestas e a
maior ameaça de todas: pessoas que apoiam o
movimento anti-vacina
-Ah, enfim, moro a caminho de Deep Cove, em North
Vancouver, então, você poderia me deixar no
caminho?
-Posso lhe deixar em casa, na verdade
Ele pareceu confiável o bastante, então eu o segui
até o carro, olhei para os lados, para dentro do carro,
nada parecia suspeito o suficiente, e na parte de
trás, ele não mentiu, realmente haviam frutas, mas
só acreditei em tudo quando vi, na chave do carro,
um adesivo "Nosedive restaurante de frutos do mar"

e entrei no carro dele, ele deu a partida no carro, e
fomos. Ainda estava trêmula e muito desconfiada,
sempre com a mão próxima da maçaneta da porta
do carro, caso precisasse abrir e fugir. O carro dele
era quentinho e para minha surpresa, o interior do
carro também era laranja e cheirava a frutos do mar
e a carne fresca. Para ficar menos nervosa, comecei
a falar
-Então James… me conte sobre você, já que eu tô
no seu carro então você me deve isso- Falei,
sarcasticamente.
-Bom, por onde eu começo… eu nem sou daqui de
Vancouver, mas de Los Angeles
-Hm, então você é um "Angeleno"
-Sim, mas acabei vindo para Vancouver com 13
anos, então passei boa parte da minha adolescência
aqui...e você? De onde é?
-Sou daqui de Vancouver mesmo, nascida e criada
nessa cidade maravilhosa que chove 24 horas por
dia, 7 dias por semana
Ele deu uma risada tímida, e começou a falar
novamente
-Mas enfim, com 18 anos decidi fugir de casa por
conta dos meus pais serem muito rígidos comigo e
eu estar naquela fase rebelde, acabei indo morar
com minha tia em Budapeste, onde passei três anos
e acabei voltando para cá
Pensei " Nossa, Budapeste, que chique"
-Queria ter uma tia que morasse em Budapeste, para
poder "fugir" para a casa dela- falei, rindo
-E você? Tá sendo uma "jovem rebelde"- ele disse,
ironicamente
-Quem dera, o máximo de rebeldia que eu tenho é
chegar tarde em casa… não gosto de beber muito e
nem uso drogas, nada do tipo...mas sem
julgamentos, sabe, se você usar…

-Ah, relaxa, eu também não curto muito. Você...mora
com seus pais?
-Bom...na verdade só moro com minha mãe. Meu
pai nos abandonou quando eu tinha quatro anos de
idade, ele simplesmente sumiu, da noite pro dia, eu
nem lembro da cara dele na verdade- falei
Devo ter bebido demais para revelar algo tão
pessoal assim para um total desconhecido
-Desculpa... não era pra eu ter falado isso
-Porque não?- ele olhou, preocupado
-Ah, eu nem te conheço e já estou contando toda
minha vida como se você fosse um terapeuta
-Olha, todos nós passamos por coisas ruins e
pesadas, pode desabafar, pelo menos você sabe
que eu não vou contar para ninguém, já que não
conheço você mesmo. Família pode ser uma merda
mesmo, a gente ganha ou perde na loteria do
nascimento, não é como se nós pudéssemos
escolher em qual família nascer.
Demos uma leve risadinha em conjunto
-Mas nossa, deve ter sido pesado para você, ele ter
abandonado vocês tão cedo- ele disse
-Na época eu nem sabia, mas para minha mãe foi
complicado no começo, demorou um tempo até ela
fazer faculdade e se formar como uma designer de
interiores, e escalar na vida. Até lá, nós praticamente
fomos sustentadas pela minha vó.
-Entendo
Atravessamos a Lions Gate Bridge, uma ponte que
corta a cidade no meio e eu sempre olho para o lado
enquanto atravesso ela, pois raras são as vezes que
isso acontecia. Enquanto atravessamos a ponte, o
silêncio reinava e os únicos barulhos que existiam
eram as gotas de chuva caindo no teto, as buzinas
dos barcos passando debaixo da ponte e o som dos
carros passando do nosso lado. Fiquei observando

também as luzinhas da cidade, brilhantes como as lantejoulas do meu vestido, mas agora opacas e sendo cobertas por um manto branco, a tempestade afinal estava chegando. James interrompeu meu momento de observação
-Então, Emma, onde exatamente você mora aqui?
-Perto de Lynn Valley, na Travessa da Floresta
-E como é?
-Como é o que?
-Morar em Lynn Valley, morar aqui em North Vancouver...
-A vizinhança é bem tranquila, as pessoas são calmas, simples
-Simples?
-Ah sei lá, são pessoas normais, meio superficiais mas são pessoas boas
-Como assim, superficiais?
Suspirei fundo e me empolguei, como se estivesse liberando algo do fundo do meu coração e que estava entalado na minha garganta por um bom tempo para um completo estranho
-Não sei, eles vivem lá nas suas casas de "tons pastéis", tentando pôr cores vibrantes nas suas entediantes vidas suburbanas, nos seus padrões de vida que não são os melhores mas que quando você pergunta se eles estão bem, eles mentem, escondem seus medos, suas ansiedades e seus estresses debaixo de um tapete, e aí mentem para as esposas, como as esposas mentem para os maridos, e os pais mentem para os filhos que, futuramente, mentem para os pais, como um ciclo interminável de mentiras, uma vida de mentiras, e vivendo uma vida tão falsa, sabe? Como se fosse uma máscara, não sei explicar, tipo um... dossel, se escondendo de todos e não revelando o seu real interior

-Um dossel? Quê?
-Sim, aquelas coisas que as pessoas colocam nas camas como decoração, sabe? Em cima das camas
-Ah, tipo...ok, acho que entendi. Concordo com o que você fala
-Desculpa, é que tava precisando desabafar faz um tempo, mas não sabia como falar isso e com quem falar isso, e você apareceu...
-Entendo perfeitamente você Emma…
Ele olhou no fundo dos meus olhos, com os grandes olhos dele, por um momento quase me perco na profundidade de suas pupilas, e aquele olhar quase hipnotizante
-Não vejo um dossel na sua vida, em você, como essas pessoas que você se refere
Olhei para ele profundamente, mas logo desviei meus olhos, disfarcei, falando:
-Olha, estamos chegando em Deep Cove! Onde fica o restaurante da sua mãe?
-Fica perto do Wickenden Park
Se aproximamos de uma grande área florestal e residencial, ao longe vi uma placa de madeira pendurada em uma casinha linda de madeira pintada de azul-claro, e começou a chover e a ventar forte na hora que James estacionou o carro.
-Escuta Emma, você vai ter que me ajudar uma última vez com uma coisa aqui
Meu coração gelou, será que após tudo aquilo, ele iria fazer algo comigo, algo *ruim* ? É uma área mais afastada, a rua estava deserta, fui logo segurando minha bolsa e preparada para abrir a porta quando ele continuou:
-Vou ter que pedir que você leve algumas caixas mais leves para dentro do restaurante, é que senão vou ter que ficar indo e voltando o tempo todo

Aliviei, pensei "ufa!". Apesar disso, a chuva estava bem pesada do lado de fora do carro.
-É o seguinte- Ele falou- Vou desbloquear a parte de trás, pegar as caixas mais pesadas, destrancar a porta e correr lá para dentro, e você leva as mais leves que sobrarem, ok?
-Ok, vamos tentar então- eu disse, empolgada com nossa pequena aventura
Ele saiu do carro, correndo para trás, demorou um pouco e abriu a parte de trás da picape, pegou umas caixas pesadas e saiu correndo para a porta do restaurante, abriu com uma mão só a porta e desapareceu na escuridão lá dentro. Eu fiquei olhando para os lados, sem saber o que fazer, quando ouvi um grito dele:
-Venha!
Hesitei um pouco, olhei para meu celular descarregado e vi que não tinha muitas escolhas naquele momento senão seguir ele. Abri a porta da picape, fiz o que ele mandou, peguei as caixas leves e saí correndo para o restaurante, que no trajeto de 10 metros até lá devo ter levado um banho de chuva de uns cinco litros de água, principalmente no cabelo, que praticamente se grudou na minha cara como um macarrão, só lembro de ter sentado numa cadeira dentro dessa casinha e largar as caixas no chão. Meu cabelo me cegou, caindo sobre minha face e meu vestido estava tão encharcado que estava pesando sobre mim.
Ouvi uns barulhos de porta de carro batendo e logo senti James suavemente passando uma toalha no meu cabelo, levei um pequeno susto e olhei para ele, agora sem o cabelo na cara.
-Não se preocupe, estou só enxugando seu cabelo, você parecia meio desorientada e está igual a uma gata molhada- Falou, rindo.

-Isso não tem graça, James, olha só, estragou meu vestido novo! Vai ter que pagar por isso, viu!- Falei, entrando na vibe dele, e rindo junto
-Haha, vou pegar toalhas para nós dois, já volto
-Ok- disse, enquanto me cobria com a mesma toalha lilás que ele havia usado para secar meus cabelos
Fiquei tremendo de frio, enquanto olhava para sala de recepção do restaurante, forrada em madeira bem brilhosa e cheia de estantes com livros velhos, a sala tinha um cheiro de frutos do mar, com um leve cheiro de morangos, mas isso creio que era devido ao fato dos morangos que eu havia trazido nas caixas estarem molhados. A área de jantar estava cheia de mesas cobertas com panos brancos e muitas teias de aranha. James trouxe uma toalha grande e rosa para mim, com as letras "XOXO"
-É sério isso? - falei, rindo
-Foi a única toalha que tinha para você, era essa ou a que eu estou usando, do famoso...Shrek- Falou rindo e se enxugando
Enxuguei meus cabelos, minha cara, tudo que pude, mas estava ainda muito frio e o vestido estava encharcado, e pra piorar os morangos que eu havia levado na caixa estavam molhados e escorreram no meu vestido, criando uma poça de líquido vermelho em mim. Olhei para James e falei:
-Não é querendo ser exigente, já que eu estou usando daqui mas, já que você tem que me recompensar por ter passado por essa chuva, vai ter que me emprestar uma blusa e uma calça, senão vou morrer de hipotermia- Falei, meio mandona mas de um jeito meigo, cruzando os braços e rindo
-Ok senhora rainha, irei pegar umas roupas para sua majestade não passar por momentos de dor e sofrimento
-Dor e sofrimento?- disse, rindo

-Ops, digo, desconforto
-Tudo bem querido escravo, vá logo- Falei, enquanto
ele ia entrando em cômodos mais escuros
Enquanto esperava ele trazer as roupas, fiquei
observando o restaurante. As paredes do
restaurante eram de madeira, mas foi colocado um
papel de parede azul-escuro, quase preto. Haviam
poucas janelas, e eram pequenas. O restaurante era
frio e o vento entrava por uma das janelas que
estava aberta, fazendo uma corrente de ar que ia
bater em mim e emitindo um som parecido com o
uivar de um lobo. Fui ao balcão de recepção olhar
alguns porta-retratos, vi fotos da mãe dele, mas sem
o pai, apenas a mãe, uma foto em Paris, outra em
Pisa, outra em Budapeste e outra na cozinha do
"Nosedive", gritei:
-James! Porque só tem foto da sua mãe aqui?
Ele não respondeu, talvez não havia ouvido. Me
sentei por alguns minutos até ele chegar, sem
camisa e bem musculoso, me dando a blusa dele e
uma calça de mulher bem maior que meu tamanho,
mas que não podia reclamar.
-Obrigado James
-Para com isso de James, me chama de Jay
-Tudo bem, obrigado Jay, mas você não vai ficar
com frio?
-Frio é uma palavra que desconheço, Emma
-Então tá, senhor " Eu-não-preciso-disso"- falei,
brincando com ele
-Haha, muito engraçado. Enfim, vamos tomar um
café? Pode se trocar no banheiro que tem atrás da
cozinha, eu vou preparar o café
-Café a essa hora? Não são tipo, duas da manhã?
-Bom...com essa chuva torrencial caindo a única
opção é esperarmos ela passar para eu poder te
deixar em casa

Novamente relutei e fiquei pensativa por alguns
momentos. Será que ele queria me prender ali? Me
manipular? Ou isso era apenas meu lado paranóico
e antissocial falando? Afinal, ele me ajudou até aqui
e parecia ser alguém de família, confiável.
-Ah, então por mim tudo bem- disse, decidida
E fui me trocar, tive que usar o cinto do vestido, que servia
mais de adorno como cinto de verdade, na calça larga da
mãe dele. Acabou que no fim eu fiquei parecendo uma
moradora de rua. Saí do banheiro toda bagunçada e meio
sonolenta, pelo fato de já serem 2 da manhã. Senti o cheiro
de café no ar e fui direto para cozinha.
James estava lá, com duas xícaras de café na mão e um
baguete.
-Poxa! Você estragou a surpresa!- ele disse, sorrindo
-Qual surpresa, Jay? O baguete?
-Claro, você não tá com fome?
Balancei a cabeça concordando e fomos comer. Ele pôs a
mesa rapidamente, colocou um lençol xadrez velho em cima
da mesa, acendeu umas duas velas e colocou pratos
recém-lavados do lado da baguete, que estava enrolada em
um papel branco, daqueles de padaria.
-Pera, falta só uma coisa- Falou Jay, se levantando
Ele começou a apertar uns botões numa caixinha de música
antiga, aquelas dos anos 2000 e começou a tocar Heavens
Knows I'm Miserable Now. Ele começou a dançar sozinho.
Eu fiquei em choque, aquela era minha música preferida
-Você não vem?
-Como você sabe que essa é minha música preferida?-
Indaguei, se levantando
-Não sei- Falou, pegando minha mão e dançando
Dançamos juntos ao som da música. Por um momento, toda
minha insegurança e medo foi embora. Por um momento,
ignorei o fato dele ser um desconhecido e de não ter ideia
de onde estava. Por um momento, pude ter liberdade e não
pensar em tudo. Ele perguntou:

-É muito cedo para começar a gostar de você?
Meu pequeno corpo gelou, ninguém havia me dito isso
-Não sei, é?- perguntei, meu coração a mil
Ele olhou nos meus olhos e nós continuamos ao dançar ao
som da música, eu deitando minha cabeça no seu ombro.
Meu coração desacelerou e parece que James levou
minhas preocupações e ansiedade embora, naquela dança
tão idílica e quase espiritual. A mão dele se juntou com a
minha, encaixada perfeitamente e nossos dedos
entrelaçados como se nós nos conhecêssemos há tempos.
Meu ceticismo se recusava a acreditar em amor à primeira
vista, mas aquilo ia além de mim, era quase como se
nossas almas se conectassem instantaneamente, e o
destino nos juntado naquela noite. Minha mente chegou a
tentar me trair algumas vezes, e dizer que aquilo não era
real. Que eu não era real.
Após dançarmos, sentamos e tomamos as xícaras de café
sem falar nada, olhando um para o outro e observando os
detalhes de cada um. Percebi que James tinha uma cicatriz
no seu afiado queixo, provavelmente uma lembrança de sua
vida como um adolescente rebelde fugido de casa. Muitos
minutos se passaram, mas tudo que fizemos foi tomar café
e observar a cara do outro, sem falar nada, não sei se
devido ao clima meio estranho ou ao nosso sono mesmo.
-E aí, o que achou do meu café?
-Muito bom mesmo, mas continuo com sono
Jay olhou pela janela e ficou vendo a chuva cair em uma
grande torrente, quase como se um balde d'água tivesse
sido jogado contra a pequena e frágil casinha. Ele hesitou
antes de falar algo
-Emma, acho que tão cedo não sairemos daqui… olha a
chuva, não vai parar nas próximas 5 horas, pelo menos de
acordo com o que a internet diz
Parei e observei o exterior, através da janela, sombrio e
negro, como um vácuo espacial. A única luz que vi foi as

gotas de chuva caindo e passando sobre um longínquo poste de luz.

-Realmente… essa chuva não tá com cara de que vai parar tão cedo…

Pensei que passar a noite ali não faria mal, ou pelo menos só até a chuva passar, era melhor que arriscar ir para casa num temporal desses. Dos males, o menor.

Ele me levou até uma sala com um grande sofá e um tapete fofinho no chão, que ficavam em frente à um janelão que dava pro jardim, mas que não era visível. Ele ajeitou o sofá numa posição e falou:

-Você pode dormir nesse sofá, tem cobertores no armário, eu durmo no tapete do chão, não se preocupa.

Peguei os cobertores, dei um para ele, e peguei o outro para mim, nos deitamos. Ele falou, enrolado no cobertor preto que havia pegado:

-Sabe Emma, eu gostei realmente de você, você não é simples como outras garotas…- ele disse, pensativo

Relutei em pensar o que responder para isso. Não conseguia explicar, mas havia acabado de conhecer esse homem que me salvou de um assalto e já estávamos tendo conversas profundas e falando de gostar um do outro...

-Simples? Como assim?

-Sabe aquele lance do dossel que você falou?

-Sei, a questão de nos enchemos com superficialidade para disfarçar o nosso interior podre…

-Isso, você não é assim

-Superficial?

-Sim

Fiquei corada

-Talvez no nosso caso o dossel esteja relacionado a você e não a mim- falei, duvidosa

-E como funciona esse "dossel", afinal? Elabore mais, temos tempo de sobra- ele falou, num tom meio jocoso mas no fundo, sério

-Bom, todo mundo tem essa coisa... um dossel que encobre suas vidas, suas relações, uma camada, uma proteção que as pessoas usam, um dossel na vida social, um dossel na vida amorosa, um dossel em tudo que ronda a vida dessas pessoas, um segredo, algo profundo. Alguns se viciam em alguma coisa, como drogas, bebida, festas, compras, beleza, outros se ligam a viver uma vida miserável ao lado de alguém que você nem sabe se realmente ama.
Olhei para o teto, que refletia a luz do poste e as gotas de chuva, e perguntei:
-E você Jay, qual o seu dossel?
Jay se remexeu no tapete
-Eu não sei, Emma, acho que não tenho "dossel", sou cru e transparente, fica tranquila
-Ah mas todos têm um dossel, você próprio falou que outras garotas eram "simples", e se esse "simples" se refere à elas ou ao fato de você não conhecê-las bem? Ou de não se interessar nelas?- Indaguei, tentando bater de frente com ele
-Emma, meu dossel é amar você- Ele falou
Eu fiquei calada, pasma, sem saber o que dizer ou fazer. Amar? Agora? A gente mal se conhecia! E se isso tudo era uma trama dele? E se eu estivesse sendo enganada ou manipulada? Mas parecia tudo tão perfeito...pessoas se apaixonam à primeira vista o tempo todo em filmes, como no Titanic. E se eu fosse a Rose dele?
Ele se levantou, e eu me levantei, segurando o cobertor e um travesseiro, ele olhou no fundo dos meus olhos, penetrando as profundezas da minha alma.
-Jay, eu acabei de te conhecer, você...me ama?
-Mais do que tudo
-Mas...você mal me conhece
-Não preciso conhecer muito mais de você, Emma, para saber que você é a pessoa que vai mudar a minha vida para sempre
Fiquei ainda em choque

-Eu...não sei o que dizer...eu...
Ele interrompeu, pegou no meu pescoço e me beijou com seus lábios quentes, enquanto nossos cobertores se juntaram aos nossos corpos como se fossemos um. O frio logo foi embora, extinto pelo calor do seu corpo.
Naquele momento, eu não tinha medo, ansiedade, preocupação, nada.
Acordei com o cheiro doce de laranjas e de panquecas com maple syrup no ar, vindo da cozinha. O sol da manhã brilhava em raios de luz que atravessavam o cômodo, uma cor laranja atordoante estava no ar. Coloquei a blusa preta que ele havia me dado e, antes de ir à cozinha, fui ao lado de fora respirar ar puro e pisar na grama . Empurrei a porta de vidro para dar de cara com um jardim cheio de crisântemos, de dentes-de-leão e ao fundo uma floresta de pinheiros. Botei meus pés na grama e fui andando, atravessando entre os dentes-de-leão, que eram macios como plumas e logo me deitei no meio deles, olhando para um céu de 6 da manhã, parcialmente escuro, mas com uma certa claridade matinal. Uma cor azulada pairava no ar e o cheiro de flores, de grama e de mar se misturavam.
-Nossa, como aqui é lindo- Falei para mim mesma
Ao longe, ouvi os gritos de Jay, provavelmente me chamando para comer. Os gritos ficavam mais altos, eu decidi gritar de volta:
-Já vou!
Quando senti uma bufada vindo de trás de mim, um calor que não condizia com aquele ambiente, me levantei num salto rápido e olhei para trás, uma enorme sombra negra. Um urso negro apareceu no meio da floresta, e levantou a pata contra mim, por um momento senti meu coração parar, foi aí quando senti um empurrão vindo de trás, Jay me pegou e me jogou no chão, ficou na frente do urso negro com uma espingarda e atirou de raspão na cabeça dele, o urso gritou, saiu muito sangue, fazendo dos dentes-de-leão uma obra de arte vermelha e branca.

-Meu... Deus ... do... céu- Falei, quase em choque
-Foi mal pelo empurrão, Emma, essa área é cheia de ursos.
Não é a primeira vez que um deles aparece por aqui.
Eu não soube o que falar, de certa forma ele estava correto
em ser meu herói, em me salvar, em não deixar o urso me
dar uma patada mortal. Mas ao mesmo tempo, ele havia
atirado violentamente em um urso, e de forma tão rápida,
como se fosse normal para ele, arrisquei-me com minhas
primeiras palavras.
-James...você...já atirou antes em um urso?
-Quê isso, Emma, claro que não, eu treino bastante com a
espingarda, infelizmente não tinha o spray contra ursos mas
a espingarda estava próxima... de qualquer jeito, eu não
matei o urso, só devo ter machucado sua orelha, e foi em
defesa pessoal, ele iria te matar se não tivesse aparecido.
Fiquei aliviada, mas sabia que ao menos ele poderia ter
atirado próximo ao pé, no chão, sei lá, fiquei meio
desconfiada mas não deixei esse sentimento tomar conta
de mim.
-Você pode me deixar em casa?- Perguntei
-Já? Não vai querer café da manhã?
-Não, Jay, acho que é melhor voltar para casa antes que
minha mãe note que eu sumi por tanto tempo
-Ok então, vou pegar minha jaqueta e logo encontro você
no carro
Ele saiu do jardim e entrou na casa, fui procurar meu
celular, que na hora do desespero, eu havia jogado para um
arbusto na floresta.
-Vamos ver, onde está..-Falei, mexendo nos arbustos
Quando achei um rótulo de uma lata "BEAR B", meio
molhado da chuva e com algumas letras apagadas,
imaginei que fosse alguma espécie de comida para os
ursos, algo amigável, e achei meu celular logo após isso.
Meu celular estava cheirando a carne podre, por algum
motivo.
Fui até o carro e entrei.

-Quer um casaco?-Ele me ofereceu
-Olha Jay, não precisa, ok, você já fez demais
-Emma, eu gostei muito de ontem a noite, muito mesmo
Minhas memórias estavam embaralhadas devido a tudo, mas não esqueci dos momentos que tive com ele. Por um lado, me sentia livre e autêntica, por outro me sentia embaraçada e culpada por ter ficado com alguém que acabo de conhecer...
-Olha Jay, eu não sei bem se…devemos...
-EMMA! VOCÊ TEM…- Ele urrou, agarrando a mão dele brutalmente no meu braço
Seus olhos cor de âmbar se arregalaram, como os do urso
-James? Você...está bem?
Ele suspirou e ligou o carro, não falou nada e nem olhou para mim, começou a dirigir em direção à minha casa, a qual eu tinha o dado o endereço antes pra ele. Colocou os pulsos sobre o volante do carro, mãos de quem já havia feito trabalho pesado antes.
-Sabe, Emma, é que eu nunca havia encontrado uma garota como você antes, você é única, nem nos meus anos em Budapeste ou na minha vida inteira eu vi uma obra de arte tão bonita quanto você… você é um anjo saído de uma pintura medieval, você é perfeita em várias maneiras...
Ele segurou meu rosto delicadamente com a mão que não estava no volante e continuou:
-Você é única, você não tem esse dossel cobrindo você, eu te amo Emma Bordeaux
Achei aquilo muita informação para um só momento, e hesitei com a velocidade das coisas acontecendo ao mesmo tempo, abri um pequeno sorriso e falei, quase que forçadamente:
-Eu também, Jay
Um silêncio meio incômodo ficou no carro, mas logo se dissipou quando nos aproximamos de um posto de gasolina
-Emma, pode esperar só um pouco aqui no carro? Tenho que colocar gasolina

-Claro, fica à vontade, afinal o carro é seu- falei, sorrindo
Ele foi e demorou um pouco na lojinha de conveniência do
posto. Enquanto isso eu fiquei observando algumas
pessoas indo para o trabalho ou para a escola,
universidade,etc. nos seus carros, passando pelo posto. Foi
aí que lembrei finalmente de ligar meu celular. Pelo menos
umas 100 mensagens de várias pessoas, Jamie havia me
ligado, minha mãe me ligou pelo menos umas 4 vezes, e até
Ella havia me ligado, provavelmente a pedidos de minha
mãe. Jamie mandou um áudio dizendo que se eu quisesse
poderia dizer que dormi na casa dela. Era muita informação
e pouco tempo para processar tudo aquilo, então desliguei o
celular.
James voltou da lojinha de conveniência, abasteceu o carro
e finalmente entrou nele, segurando uma garrafa de suco de
laranja nas mãos.
-Então, trouxe um suco, não sei se você curte…
-Eu amo suco de laranja, obrigado Jay, não precisava
Abri o suco e comecei a tomar, a acidez queimando minha
garganta. James deu partida no carro e me olhou
-Antes de te deixar em casa, queria passar em um lugar
com você…
Olhei para ele
-Onde?
Após um longo caminho, chegamos no Lighthouse Park,
uma reserva bem afastada da cidade e com muitas florestas
ao redor
-Desculpa Emma, na minha cabeça era bem mais perto do
que imaginava…
-Tudo bem, Jay, o que viemos fazer aqui?
-Vem comigo, vou te mostrar- disse ele, saindo do carro
Seguimos por uma trilha no meio da floresta. A floresta
estava acordando, mas ainda meio escura e com aquela
mesma luz azulada que estava no jardim do restaurante.
Por um segundo lembrei do urso, e comecei a ficar
preocupada.

-Jay…?
-Sim, Emma?
-Aqui não tem ursos também?
-Relaxa, aqui é seguro, os ursos não gostam de lugares em que muitas pessoas passam
-Mas não tem ninguém aqui além de nós
-Só me segue- falou ele, num tom tranquilo
E entramos cada vez mais dentro da floresta. A floresta ia se afunilando e fechando em cima de nós, altos ciprestes apontavam para o céu e nos ajudavam a não se perder dentro da floresta. De repente, ouvimos um farfalhar em arbustos. Comecei a me tremer de medo.
-Jay?...- disse
Ele fez um sinal de silêncio com a boca. Também aparentava estar com medo, mas ficou na minha frente. E dos arbustos, para nossa felicidade, saiu um cavalo. Um cavalo pálido e magro.
-Ufa, bem melhor que um urso- Jay comentou
-Ufa mesmo...Jay, pra onde estamos indo?
-Já estamos chegando, calma- ele disse, segurando minha mão
Após andarmos mais um pouco, ouço o barulho de ondas se quebrando contra pedras e sinto o cheiro do sal e da areia na beira da praia. Nos aproximamos da beira do mar, em cima de um rochedo, e próximo de um farol vermelho que era o símbolo do parque que estamos.
-Jay, estou sem palavras…
O sol nascia no horizonte, meio ofuscado por algumas nuvens que haviam restado no céu por conta da tempestade do dia anterior. As nuvens cinzas começaram a sair do céu e o azul começou a tomar conta da paisagem. O mar era uma mistura de cores, desde o cinza até o turquesa, que se misturava com o verde das árvores ao redor e o quase preto dos rochedos na beira do mar, com ondas que quebravam tão violentamente contra as pedras

que podíamos sentir gotículas de água salgada. Jay abriu sua mochila e tirou algo de dentro.
-Eu quero que você fique com isso
Ele desembrulha um objeto pequeno e afiado
-É uma herança de família que eu trouxe de minha tia em Budapeste, não perca, é valiosíssimo e um artefato digno de uma princesa, como você é- ele disse, sorrindo
Ele abriu minha mão e me deu um brinco longo feito de ouro branco, reluzia no sol e era tão suave, quase como um fino tecido, como um dossel, me senti especial, senti algo quente fluindo no meu coração, uma felicidade que não sentia há tempos. Ele realmente gostava de mim.
-Obrigado, Jay, não sei como agradecer
-Que tal um beijo?
Nos beijamos, toquei os lábios gélidos dele como de uma pessoa morta, e pegando no braço musculoso dele, braços desgastados e com cicatrizes.
Saímos do parque, adormeci no carro.
 Após um tempo, já amanhecendo, cheguei na minha casa, acordei e estávamos chegando em casa, passando pelas casas coloridas com cores pastéis.
-Eu gosto dessas ruas onde as casas parecem ser as mesmas- disse
E também gostava de falar com ele, como se tivesse algo para falar.
-Jay, você tem redes sociais?
Ele olhou, com uma certa seriedade, pelo canto do olho e respondeu
-Eu não uso nenhuma rede social, Emma, acredito que as reais conexões devem ser feitas na vida real
-É, concordo com você- disse
Chegamos em casa, desci do carro e me despedi dele.
-Tchau Jay, maravilhosa noite, até mais!- Falei, acenando, e ele respondendo com outro aceno
Entrei em casa, cautelosamente, para minha mãe não perceber que eu não havia voltado de noite. Fui direto pro

meu quarto e tranquei a porta, abri o dossel e só me joguei em cima da cama, me enrolando com lençóis e travesseiros, adormeci.

Acordei com minha mãe batendo sutilmente na minha porta, já aberta.

-Filha? Acorde, já são dez horas

-Só mais cinco minutos…- Falei, quase que desacordada

-Vamos lá, filha, tem alguém esperando por você no sofá lá embaixo

Abri meus olhos num flash, me levantei e saí do meio do emaranhado de tecidos, do dossel e dos lençóis que me cobriam, saltei num pulo.

-Mãe, pelo amor de Deus, quem é? - Falei, em grande preocupação e com medo de Jay estar lá embaixo, me esperando, comecei a tremer.

-"Pelo amor de Deus"? Porque a preocupação? É só Ella, Emma. Quem deveria estar preocupada sou eu! Você passou a noite fora, e de madrugada recebi uma mensagem de voz da Jamie falando que você dormiu na casa dela, sem sequer me avisar antes!

-Desculpa mãe, não fiz por mal...

Aliviei minha consciência e parei de tremer.

-Tudo bem, mas da próxima vez me avisa, e porque essa preocupação com quem está aqui em casa?

-Ah, é que eu estava com medo de ser o...Eric, sabe, meu chefe, porque eu não… dei meu melhor… lá no trabalho- Falei, relutantemente

-Ah, entendi, ok então, vá se arrumar e encontro você lá embaixo em cinco minutos para tomarmos o café da manhã

Fechei a porta e fui me arrumar, coloquei um *hoodie* simples preto e uma calça legging rosa claro, das que eu só uso em casa. Estava fazendo bastante frio.

Desci as escadas e dei de cara com Ella sentada no sofá fazendo caretas pro celular dela.

-Olha só, você fica mais bonita assim do que sua cara normal- Brinquei

-Emma!
Ela se levantou e nos abraçamos. Sentia falta daquele abraço dela.
-Você sabe que estou esperando aqui no sofá desde nove horas não é?
-Bom, eu mereço a espera, não é?
Rimos
-E aí, fiquei sabendo que um garoto te levou para casa ontem, não foi? Como foi, ele foi *sexy* ?
Tampei a boca de Ella e olhei se alguém vinha da cozinha
-Ella Hastings Connor! De onde você ouviu essa história? E fale baixo!
Tirei a mão da boca dela
-Nossa Emma, escondendo coisas da sua mãe? Parece que estamos na nona série, que bobagem, ninguém vai julgar sua vida sexual, estamos em 2018, não nos anos 60
-Só me diz logo de onde você tirou isso!
-Ok ok, havia uns amigos meus perto do Nelson Park ontem à noite e eles acabaram vendo você entrar no carro dele...Emma, o que aconteceu? Quem é ele?
Suspirei, olhei nos olhos dela
-Tudo bem mas não conte para NINGUÉM, ok?
-Tudo bem
-Eu estava nessa festa, que Jamie, do meu trabalho, me convidou;
-Pera aí, uma festa? Em boate? Quem é você?- ela perguntou, de forma sarcástica
-Ai Ella, só queria tentar alguma coisa diferente... enfim, a festa estava extremamente chata e a Jamie me abandonou lá, então eu fui chamar um táxi para voltar para casa quando um assaltante veio e me abordou pedindo minhas coisas
-Nossa! E não tinha polícia por perto
-Não...não que eu saiba
-Tá bem, continua

-Pois é, aí Jay veio e atacou o assaltante, recuperando minhas coisas e me oferecendo carona para casa
Ella lançou um olhar desconfiado
-Jay? Como ele é, é bonito? Que herói, hein
-Ah, nem sei por onde começar… ele tem uns olhos castanhos hipnotizantes, uns braços enormes, um cabelo ondulado e sedoso e um maxilar afiado, quase cortante
-Meu Deus! Não vejo a hora de ver esse tal de Jay
-Ah... ele é um amor
-Tudo bem, e o resto da história?
-Ah, eu fui para casa e me despedi dele, agradeci- menti
Não quis contar o verdadeiro resto da história para Ella, por mais que ela seja minha melhor amiga, tem coisas que guardamos apenas para nós mesmos.
-Ah entendi
Minha mãe aparece vindo da cozinha com um avental branco sobre o seu vestido azul pastel.
-Garotas? Hora de comer brunch!
Se sentamos na mesa da cozinha, enquanto minha mãe servia a mesa, colocava café e alguns bagels com cream cheese e salmão que ela havia feito, Ella olhou e falou:
-Nossa Senhora Bordeaux, parece estar delicioso!
-Bagels são minha especialidade, querida Ella- Falou, feliz
-Parecem estarem bons mãe, obrigada, não vai se sentar com a gente?
-Não filha, já comi, podem ficar aí que eu arrumo a cozinha enquanto isso
Começamos a comer os bagels, que estavam realmente deliciosos, como que cabia uma explosão de sabores em um único pãozinho redondo?
-Bom, Emma, vamos sair hoje pro cinema?
-Claro, qual filme iremos assistir?
-Que tal Lolita?
-Tá de brincadeira, né?
-Porque estaria?- Ela disse, enquanto bebia uma sangria que minha mãe havia feito

-Esse filme não é de tipo, 1990, e tipo, super doentio?
-Primeiro, é de 97, não é tão velho assim, e segundo, é
doentio mas é um clássico!- ela disse, entusiasmada,
enquanto a sangria escorria pelo canto da boca e caia na
blusa branca dela
-Ok então
-Certo, vou ligar para o resto do pessoal
-Pera aí, Ella, o "resto" do pessoal?- falei, meio desanimada
-Sim, Layla, Mary, Victoria e Luke
-Ella, porque você vai chamar essas pessoas?
-Emma, sinto lhe falar, mas eles são nossos amigos- Falou,
ironicamente
-Esquece, eu não vou então
Ella olhou para mim e minha mãe também, parando de lavar
as louças por um momento, de costas e com a cabeça baixa
-Emma... você não teve culpa naquilo que aconteceu! Já
faz tanto tempo, esquece, ninguém mais se lembra disso.
-"Naquilo que aconteceu"? Naquilo que eu fiz! Não tenta
tirar a minha culpa nisso
-Não Emma ,você não fez isso
Comecei a me tremer e suar, enquanto minha mãe olhava
pelo canto do olho para nós, fingindo arrumar algo
-Não fiz? Não fiz o quê?
-Emma..
-Por acaso não foi a senhorita Emma Bordeaux..- Falei,
levantando a voz- Aquela que...
Não conseguia completar a frase, não tinha a capacidade
de lidar com esse incidente tão recente
-Emma, você tem que superar isso...
Bati na mesa com meu punho; minha mãe se assustou e
gritou para mim:
-EMMA! Aquilo foi um acidente! Quer saber? Vocês duas,
vão assistir a algum filme na sala agora!
Nós duas concordamos e fomos para sala. Ficamos
assistindo o filme de Chaplin, "Em Busca do Ouro", era o

tipo de filme que eu e Ella vimos juntas desde que nos conhecemos.

-Sabe, Ella, não precisa ficar aqui presa comigo, vai pro cinema com o resto do pessoal, aproveite, você sabe que eu gosto de ficar sozinha nesses momentos, ver filme, tomar um chá, essas coisas...

-Na verdade eu já cancelei com eles, Emma. Não se preocupa, prefiro ficar aqui comendo a comida maravilhosa da sua mãe- Falou, rindo

Fiquei pensando se seria sábio contar para ela o que aconteceu após o carro, com James. Ella é minha melhor amiga desde que era uma adolescente desorientada, não era justo esconder coisas dela, ainda mais em um momento em que ela estava sendo uma amiga tão apoiadora e até trocou os amigos para ficar em casa comigo. Olhei para a cozinha, vi que minha mãe estava longe o suficiente para não ouvir.

-Sabe Ella, eu não fui cem por cento sincera com você… Após Jay me dar carona ontem, acabamos tendo que passar num restaurante em Deep Cove, o restaurante da mãe dele, e eu acabei tendo que dormir lá, mas juro que não dormi com ele, só junto com ele. E a única razão pela qual eu dormi lá foi por causa da tempestade

-Quê? Emma?

-Dormimos em lugares separados, entendeu? Enfim, e SIM, eu o beijei, SIM, eu talvez esteja apaixonada por ele, mas não rolou nada ok, foi isso

Meu coração acelerou, e eu fiquei nervosa esperando a reação dela. Ella ficou pensativa e deu um leve sorriso

-Ok senhorita Emma Bordeaux, se você diz…

-Você acha que fiz besteira? Estraguei tudo não foi?

-E porque eu acharia isso?

-Ah, sei lá...fiquei com a impressão de que eu me apaixonei por um completo estranho, me abri com ele, e ainda por cima beijei

-Emma, estamos no século 21, não é a coisa mais absurda do mundo você ter beijado uma pessoa que mal conhece, pensa no tanto de gente que se beija e se pega nas baladas por aí, bem pior que você
-Acha mesmo, Ella?
-É claro! Ainda por cima, ele te salvou de um assalto e te trouxe pra casa sã e salva, então só pode ser um príncipe encantado mesmo
-Eu espero...
-Enfim, onde fica esse restaurante que ele te levou?
-Fica em Deep Cove, é um restaurante de frutos do mar
-Um restaurante de frutos do mar em Deep Cove?
-É
-E qual o nome de lá?
-Bom, se eu me lembro... Nosedive! Nosedive Frutos do Mar
Ella olhou um pouco assustada e perguntou:
-Emma, você tem certeza que o nome é Nosedive?
-Sim, eu tenho
-Um pintado em azul-claro?
-Exatamente!
Estranhei a familiaridade de Ella com esse restaurante
-Emma, esse restaurante está fechado há anos
-Claro que não, ainda estava bem conservado o local, e com cheiro de frutos do mar
-Mas não estava empoeirado? Ou sujo?
Parei e passei a mão no cabelo
-Bom...agora que você pergunta...sim, estava empoeirado, algumas teias de aranha, mas acho que devido à baixa temporada, não sei.
-Eu tenho certeza que esse restaurante está abandonado!
-Ai, Ella, deixa disso, você sempre tem essas neuras
-Emma acredita em mim, eu era vizinha da dona do lugar
-Era? Você se mudou?
-Não, ela morreu
-Quê?

-Aquele restaurante não está aberto
-Claro que está! O marido dela deve ter tomado conta do local então, não sei, deve ter alguma explicação
-O marido dela está em estado vegetativo faz uns seis anos, o local está abandonado
-Ah, então Jay deve ter ficado com o restaurante, herdou da mãe dele, talvez ele só não quis me contar
-Pois é Emma, sobre isso, a dona do Nosedive não teve...filhos
-QUÊ?
-Ela não pode ter filhos, quando eu era menor eu via ela indo para o hospital, ela tinha câncer de ovário, por isso não tinha filhos
-Nossa, Jay não me contou isso, talvez ele não estava pronto ainda...de qualquer forma, ele pode ser adotado, Ella
-Sim, bom ponto…
-Enfim, vamos parar de fazer teoria da conspiração e ver o filme
Vimos o filme pelo resto da manhã inteira. Como nos velhos tempos. Acabamos de ver um filme e fomos para outro,e outro, e outro… nossa única alimentação era pipoca, refrigerante e um fast food que pedimos para entregar em casa. Há tempos não fazia isso com Ella, e por alguns instantes meu coração se encheu de felicidade com a ideia de que podíamos repetir isso muitas e muitas vezes.
Quando deu 19:30, terminamos de ver o último filme. Desliguei a TV e ficamos sentadas no sofá.
-Caramba, há quanto tempo eu não fazia isso- disse Ella, enquanto se espreguiçava
-Eu também… nem lembro qual foi a última vez que fizemos isso
-Acho que quando tínhamos uns 16 anos- ela disse, sorrindo
-Sim…
-Mas enfim, agora podemos fazer isso mais vezes, Emma

-Claro! As portas da família Bordeaux estão sempre abertas para você!- Falei, brincando e rindo junto com ela
-Então é isso Emma, fica bem e me mantém atualizada sobre esse garanhão que você arranjou, hein!
-Ella…em que século você está? Garanhão? Quem ainda diz isso…
-Ai, me deixa, enfim, tenho que ir, Emma
Nos abraçamos como se fosse o nosso último abraço
-Tchau, Emma
-Tchau, Ella, até segunda-feira
-O que tem segunda-feira?
-A carona…
-Ah, verdade- ela respondeu, rindo- então até segunda-feira, Emma!
Ela se virou de costas e foi indo em direção ao carro. Quando eu ia fechando a porta de casa, uma picape laranja parou em frente de casa e James saiu lá de dentro. Ella olhou para James, e ficou um pouco sem graça, sem saber o que dizer.
Então fui para o jardim da frente, para falar com James
-Emma!- Falou, me abraçando- Vim lhe visitar
-Jay?! O que você tá fazendo aqui? Se minha mãe me vê com alguém em casa, ela me mata!
-Relaxa, não estou nem vendo sua mãe e se ela perguntar, eu sou um...eletricista, vai, finge que tá me recebendo de novo
Achei estranho o teatrinho que ele propôs, mas aceitei
-Oi James, pode entrar- Abri o caminho para ele e fomos entrando em casa. Antes de entrar, percebi Ella olhando para nós de dentro do carro.
-Nossa que cheiro gostoso de mirtilo!- Falou ele, entusiasmado.
-Provavelmente é minha mãe fazendo alguma receita..
James, precisamos falar sobre uma coisinha...
-James? Nossa, algo aconteceu?- ele disse, sarcasticamente

-Na verdade sim, bom… sabe o restaurante que você me levou ontem?
-Ah Emma, desculpa, eu sei que não foi apropriado te levar para um local tão rústico assim, não sabia se você…
-Não, não é isso. É que… eu fui pesquisar sobre esse local…
-E…? O que achou?
-Que está abandonado já a alguns anos...
Ele botou as mãos na cabeça e olhou pro chão, depois levantou a cabeça, botou a mão no meu braço, me alisando, e falou:
-Emma, perdão, eu não queria ter mentido é que eu fiquei com vergonha de falar que trabalhava ali….
-Você mentiu pra mim? E invadiu seu lugar de trabalho? Me fez invadir com você? Mas o que…
E de repente ouvimos uma batida forte e rápida na porta da frente. Fui correndo ver quem era, e era Ella. Algo estava errado.
-Na verdade, Emma, você pode vir aqui no meu carro rapidinho? Acho que eu você esqueceu umas coisas quando pegou carona comigo ontem...
-Ok, Ella, tô indo. Sobre você, James, nosso papo não acabou, já volto e fique aí
-Tudo bem, Emma, irei te esperar
James ficou sentado no sofá, tirou o celular do bolso e começou a jogar jogos no celular. Fechei a porta da frente e fui em direção ao carro da Ella.
-Ella? Está tudo bem?
-Só finge que tá entrando no carro, por favor
Entramos no carro e fechamos as portas
-Garota, você está saindo com ELE, noossa!- Falou Ella, rindo com uma certa preocupação
Olhei para ela, totalmente perdida e sem saber do que ela estava falando
-Do que você está falando, de James?
-James? O nome dele não é James, Emma, e nunca foi

-É claro que é, James Harvey
-Só se for um pseudônimo que ele usou, o nome daquele homem é Dave Frank, ou só "Big Dave". Enfim, Emma, eu não imaginava que uma garota como você iria sair com ELE, mas se você gosta dele, por mim tudo bem, sem preconceitos, não vou julgar suas escolhas amorosas…
Fiquei muito preocupada, o que eu havia feito? Como assim James Harvey não era o nome dele?
-Como assim Ella? Do que você está falando? Tipo, eu sei que ele mentiu para mim sobre aquilo do restaurante mas, ele é um amor e extremamente dócil
-Realmente, ele é um amor, para todas as dezenas de meninas que já saíram com ele...
-O quê? Olha, Ella, eu não ligo se ele já saiu com uma ou outra menina, ele deve ter uns 25 anos, não é como se ele fosse um incel que odeia mulheres, ele tem direito de sair com outras pessoas, afinal ele é solteiro...
-Querida Emma, Big Dave é o maior fanfarrão e mulherengo da região, ele é bem conhecido em Los Angeles e nem me deixe começar em Seattle…
-Eu não acredito nisso, Ella, simplesmente não acredito
-Você vai acreditar na sua amiga ou no cara que você conheceu na noite passada?
-Acho que você não entendeu, eu tive uma *conexão* com ele, algo profundo, algo interior, nossas almas se tocaram, ele falou que eu era única, especial, olha, ele me deu até esse brinco
Mostrei meu brinco a Ella, que olhou cautelosamente e fez uma expressão de "ferrou" com a boca
-Er...Emma?
-Sim?
-Tem definitivamente algo de errado com ele…
Eu olhei para ela com uma cara de decepção, ela só queria tirar a minha maior felicidade, que foi ter conhecido James, e eu fui saindo do carro, quando ela puxou meu braço e disse

-Espera

Ela pegou o celular e me mostrou uma foto de umas garotas de Los Angeles dentro de uma boate

-Ok, garotas em Los Angeles em uma festa, o que há de mais?

-Emma, olhe para a orelha da garota de branco

Vi o exato brinco que "Jay" me deu, na orelha de uma delas

-Mas...Não pode ser, Ella, com certeza deve ser coincidência

Ella mostrou o perfil de "Dave Frank". Na foto, era o James, mas com barba.

- Não, não pode ser…-Falei, com lágrimas nos olhos- Ele falou que esse brinco era uma…

-Herança de família de um parente em uma cidade da Europa? Qual foi desta vez? uma avó de Paris?

-...Uma tia em Budapeste

-Ah, essa é clássica

Ella me notou triste e chocada com aquilo

-Emma, eu sinto lhe falar isso mas, esse cara te enganou, assim como enganou várias meninas, ele é horrível e não é quem você pensa que é, eu já ouvi as histórias dele quando fui a Seattle, ele engana várias meninas e faz coisas horríveis

-Não pode ser... ele é bom com animais, Ella, quer maior indicativo de personalidade?

-Bom com animais? Quê?

-Eu o vi colocando comida para ursos na floresta, e um urso apareceu no quintal do restaurante, ele atirou na orelha do urso para me proteger, sem matar o urso!

Ella olhou para os lados e quis se desviar do assunto

-Ella?

-OK, OK. Emma..."Big Dave" se dá porque ele é um dos maiores caçadores de ursos da região, ele é meio...fascista...e ama armas, essas coisas...

-Mas...a comida para os ursos

-Emma…

-Pera, eu vi algo no jardim, uma latinha com comida
Era como se um quebra-cabeça estivesse se montando na
minha cabeça. Tentei deixar minhas emoções de lado e
resgatei a "velha Emma", a Emma cética e racional, tudo
começava a se encaixar
-Latinha com comida?
-Sim, tinha algo escrito... tipo bear b, faltava o resto da
palavra
-Bear bait?
-Isca para ursos? Impossível...
-Sim, isso mesmo
Ficamos em silêncio, olhei para minha janela, o sol que
havia nascido de manhã estava sendo coberto por nuvens
negras, uma tempestade estava a caminho...
-Além disso, ocorreu um acidente com uma das
"namoradas" dele, em 2013, em Santa Monica- Ella disse,
preocupada e trêmula
-No pier?
-Sim, aparentemente a garota caiu da ponta do píer em
umas pedras, sua cabeça abriu e ela acabou morrendo,
logo após anunciar a ele que ela estava grávida.... óbvio
que deve ter sido um acidente, mas o desastre acompanha
ele, Emma, eu não sei se é bom você estar com ele...
Entrei em estado de choque.
-Isso...não significa nada, ele ainda pode ser uma pessoa
boa, talvez ele esqueceu o passado, talvez ele mudou, ele
mesmo me falou Ella, que eu seria a pessoa que mudaria a
vida dele...
-Emma, você quer minha opinião como amiga?
-É claro! Por favor- falei, quase chorando
-Corre, foge dele, ele não vai te fazer bem. Além de todas
essas coisas, na internet tem vários registros dele,
passagens pela polícia, etc. Existem relatos de abusos,
violência doméstica e sabe Deus do que mais, por favor,
Emma, cuidado.

Uma confusão de pensamentos correu na minha cabeça, fui "traída", por um cara tão miserável, mentiroso e desprezível, eu teria que agir, teria que reivindicar minha dignidade, ele pode ter me salvado de um assalto mas ele assaltou tudo o que eu tinha de bom, e agora eu finalmente descobri quem ele realmente era, mas parte de mim não queria acreditar e queria que tudo aquilo fosse uma mentira. Minhas emoções brigaram com meu ceticismo e minha racionalidade.
-Ella, eu vou entrar lá e abrir o jogo com ele...
-Emma... tem certeza?
-Ele não me machucaria, além disso, se isso tudo for verdade, eu vou querer saber a verdadeira história dele, e expulsá-lo da minha casa e da minha vida o mais rápido possível
Saí do carro de Ella e fechei a porta
-Emma
Virei para trás e vi Ella com uma expressão preocupada
-Caso algo aconteça...eu estou aqui, eu sempre estive e sempre vou estar
-Obrigado, Ella
E fui entrando em casa, passando pelas hortênsias e crisântemos negros da entrada de casa.
James estava no sofá, mexendo no celular, quando eu passei direto por ele e, no meio das escadas, disse
-James, vem aqui no quarto, por favor
-Tá bem, já vou
Entrei no quarto e fechei a porta.
Já estava escurecendo, era primavera e o pôr-do-sol era cedo, mas o que poderia ser um pôr-do-sol lindo e reluzente, ficou cinza e sombrio. Ouvi os passos dele subindo as escadas, meu corpo gelou. Ele parou na frente da minha porta e passou uns cinco minutos lá, quando ele entrou, eu estava de costas para porta, de frente para janela ao lado da minha cama, com o dossel tocando meus ombros e cabelos, olhando o sol se pôr no horizonte entre nuvens negras. Decidi falar primeiro:

-James Harvey
-Eu mesmo
-Quem...é...você?
Ele olhou com estranheza e respondeu:
-Amor...eu sou eu- falou, tentando se aproximar
-Não
-Como assim, "não"?
-Dave… eu sei quem é você
A feição dele mudou na hora. É como se eu houvesse
quebrado algo dentro dele, como se a simples palavra
"Dave" mudasse quem ele era naquele momento, ou
revelasse quem ele realmente era. Respirei fundo e decidi
que aquela era a hora.
-"Eu não tenho dossel", "Meu dossel é amar você" papo
furado!- disse
Me virei para olhar para ele
-Olha Emma, eu posso explicar… tudo eu posso explicar…
você está sendo precipitada, deve ter entendido errado
-Explicar? Explicar como você explicou para as garotas que
você já saiu? Explicar como você explicou para garota que
você matou? Explicar como?
Ele andou em círculos no quarto, com um olhar
decepcionado, com a mão na cabeça, como se estivesse
pensando em alguma desculpa
-Olha, eu não sou um assassino, você sabe disso, aquilo foi
um acidente e além do mais, você é diferente, é única, é
especial…você é bem mais do que as outras garotas que
eu já fiquei! Não lembra da conexão que tivemos ontem?
Aquilo foi demais! Foi surreal, nem você conseguiu explicar
-Mais papo furado! Seu nome sequer é o que você falou-
disse, enojada com a presença dele
-Olha, você está na defensiva e além disso, eu ser Dave ou
ser James importa tanto assim? Achei que o que importava
aqui era nosso amor, nosso relacionamento, nossas vidas...
-Cara, quem é você?- falei, cortando as desculpas dele

Um silêncio se instalou no meu quarto, enquanto o sol se punha e ficava escuro, desviei meus olhos dele, olhei para o dossel, que cobria o lado de fora da cama e continuei:
-Eu sinceramente não te conheço, porque o cara que eu conheci ontem, não é o mesmo que está na minha frente, um mentiroso, um assassino, um pilantra, um... fraco!
Ele olhou para mim, com os traços afiados e cortantes dele, que não mais me atraiam, e falou:
-Me chame do que quiser, mas não me chame de fraco, pois não é o que eu sou, sua VADIA!
Pensei "Vadia?!", ele mudou completamente a voz, de meiga e agradável para uma voz psicótica e sombria, mudou as feições novamente, seu sorriso que trazia felicidade e riso se transformou em uma boca cheia de covardia e mentiras e seus olhos âmbar que traziam profundidade agora eram opacos e gritavam traição, falsidade e ódio.
-Você não me chame dessas coisas, seu... bastardo mentiroso, seu impostor!
-Você não merece ser chamada de mulher, você é uma menininha mimada de quinta categoria, vadia! Vocês são todas iguais, sempre se rendem aos meus pés quando precisam, mas sempre querem mais e mais, como vermes!
A tristeza que havia em mim se transformou em ira e meus olhos fitaram os olhos dele com fúria. Seus olhos eram da cor da tempestade que estava chegando no horizonte.
-Você não tem dossel nenhum cobrindo você, Dave, porque o seu está rasgado, sujo e cheio de sangue das pessoas que você já machucou, você é um monstro!
-E você é uma vagabunda que apareceu na minha vida, com esses papos superficiais de "dossel isso", "dossel aquilo" que se ferre o seu dossel! Que se ferrem seus livros toscos!
Dave pegou e derrubou minha prateleira de livros, jogando todos no chão, me afastei dele e comecei a ficar ainda mais preocupada

-Que se ferre seus discos, suas músicas idiotas, sua
piranha, sua puta!
Fiquei em choque e com medo, calada, enquanto ele jogava
meus discos no chão, quebrava todos. Me atrevi a falar,
enquanto desabava em lágrimas e explodia em fúria:
-Você é a pior pessoa que eu já conheci, Dave Frank, ou
seja qual merda de nome você tem! Você é um assassino
fracassado que se aproveita de garotas vulneráveis como
eu!
Me afastei, indo em direção à minha escrivaninha, enquanto
ele falava:
-Escute o que vai acontecer, eu posso ser bom com você,
não te machuco, saio por aquela porta e você nunca mais
me verá, vai crescer e virar uma vadia solitária que não
arranja nenhum homem porque você é doente com esses
papos estranhos, acredite sua pequena megera, eu fui a
melhor coisa que já aconteceu na sua vida, e que você
nunca mais terá. Ou... você pode me denunciar pra polícia,
ou gritar, e você morre aqui mesmo, no seu quarto estúpido,
sozinha, o que vai ser?
Fiquei paralisada, enquanto via ele mostrar a silhueta de
uma faca escondida no bolso do casaco dele. Comecei a
me afastar enquanto ele me colocava cada vez mais contra
a parede, me prendendo e sufocando. Um grito de socorro
estava engasgado na minha garganta, mas não saia. Me
aproximei da minha escrivaninha, peguei a tesoura
vermelha e coloquei no meu bolso disfarçadamente, olhei
para ele, e abri um falso sorriso e baixei a guarda.
-Ok, Dave, eu aceito isso, desculpa por tudo, eu sabia que
tinha que ignorar essas mentiras sobre você, nosso amor foi
perfeito demais, não é?
Ele olhou com uma certa desconfiança
-Então você vai me obedecer e ficar caladinha não é?
-É claro, meu amor, eu nunca gostei tanto de alguém antes
como eu gostei de você...estou muito triste e desesperada,

só te ter nos meus braços de novo me faria tranquila- Falei de uma forma que parecia meiga e amigável
Ele baixou a guarda e tirou a mão do bolso com a faca. Me aproximei dele e o abracei, ele estava com cheiro de frutas velhas e estragadas, e quando me aproximei do rosto dele, percebi as cicatrizes profundas que havia. A pessoa que havia conhecido na noite passada não era a mesma que eu estava vendo. Ele era podre por dentro e isso emanava do lado de fora, e contagiava tudo ao redor dele. A ironia era que na verdade o dossel de Dave não era vício nenhum ou nada do tipo, o dossel dele era ele próprio. Peguei minha tesoura, enquanto o abraçava, levantei no ar contra as costas dele, e quando estava prestes a furá-lo, ele pegou meu braço com uma força enorme.
-MAS... QUE MERDA É ESSA? O QUE VOCÊ ESTÁ FAZENDO?- ele urrou
Ele pegou meus cabelos, me jogou contra a cama, rasgando parte do dossel, quebrando um dos mastros de madeira que seguravam o dossel na cama, ele começou a me dar socos fortes nos braços e pernas, me desviei e ele acertou meu nariz, que começou a sangrar, eu não consegui me defender, era fraca e pequena, da forma que ele me fez achar que era, só pude sentir. Ele ficou gritando xingamentos, enquanto me espancava, ouvi minha mãe gritando algo sobre polícia no andar de baixo, o mundo começou a ficar negro, minha visão escureceu e eu sabia que eu afinal ia morrer ali, no meio da minha cama, com meus travesseiros e lençóis e edredons, coberta por um dossel rasgado e onde eu iria dormir, mas não acordar para ver outro dia.
Fechei meus olhos, enquanto ele me dava socos na barriga. De repente, ouvi um barulho e Dave falou:
-MERDA!
Abri meus olhos com as últimas forças que tinha, para ver que ele havia socado o dossel, se enrolado nele, e estava sufocando no tecido do dossel. Puxei um suspiro do fundo

do pulmão, reuni minhas últimas forças e aproveitei o momento para atacar, empurrei ele contra o mastro quebrado que segurava o dossel, e a madeira afiada quase atravessou seu peito, jorrando sangue para todos os lados nas suas costas, então puxei minha tesoura e esfaqueei, dilacerei ele como se toda minha raiva e fúria estivessem concentradas nas minhas últimas forças. Logo, o dossel se encheu de vermelho, um vermelho iluminado pelos últimos raios do sol, tímidos entre as nuvens sombrias, um vermelho cor de veludo, um vermelho que logo foi se transformando em vermelho-vinho, enquanto o sol se punha, assim como o corpo de Dave Frank se pôs na minha cama, agora morto por dentro E por fora, enquanto dava meus últimos golpes nele, já sem forças, a luz dos faróis policiais piscavam ao longe, enquanto eu via a lua vir e iluminar esse homem e o dossel, cujo me salvou, agora pintado num vermelho que parecia ter se espalhado por todo ele, formando um cobertor de sangue, que escorria sobre Dave.

Todos nós temos um dossel, que cobre nossas vidas, segredos, mentiras, passado, cada um tem o seu, a culpa, o pecado, a falsidade, o fracasso, pode ser várias coisas, Dave Frank tinha o seu dossel clássico e clichê: a mentira, e eu tinha meu dossel que, figurativamente, era meu passado e meu histórico mental, e que, literalmente, era o dossel acima da minha cama. Ambos me salvaram, ambos me cobriam da minha vida e escondiam da minha eu verdadeira, ambos estavam lá quando eu precisava deles e ambos formavam um grande e lindo dossel.

F I M

Notas do autor

O "pseudo-romance" *O Dossel* ou *Canopy* como eu desejei manter na versão original é um projeto criado por mim, Marcos Aragão, e que tenho trabalhado sobre ele há quase 4 anos, desde 2017. Escrever esse conto foi uma aventura de muitos anos, por mais sucinto e simples que ele pareça. Escrevi pelo menos 5 versões diferentes antes de decidir que essa seria a versão definitiva. Originalmente, *Canopy* seria uma série de contos, pelo menos 5, que contaria a história de vidas diferentes ao redor do mundo e que são cobertas por esse "dossel", a verdade é que nunca consegui sair do primeiro conto, esse que vocês leram. Porém não descarto a possibilidade de lançar outros contos como esse em edições separadas (ou quem sabe no futuro, em uma coletânea?). Não sou nenhum Shakespeare, recorro muitas vezes ao detalhismo e erro, como todos autores erram. Não sou formado em letras, e muito menos tenho uma super experiência como autor. Esse, na verdade, é meu primeiro livro lançado. Não tenho experiência como autor mas tenho muita experiência como sonhador nato, tenho tantas ideias e tantos projetos que seria difícil reduzi-los a um texto de muitas páginas. E parafraseando um autor que muito me inspira nas minhas obras e que muito admiro, Fernando Pessoa, "Eu nunca fiz senão sonhar" (Livro do Desassossego) . Durante a escrita desse livro, passei por muitas fases de transição na minha vida, viajei para muitos países, conheci muitas pessoas e muitas foram as modificações feitas no conto. Mas a essência que se manteu é a mesma. A essência da história ser um ciclo, para aqueles que prestaram atenção aos detalhes e procuraram saber o significado das malucas metáforas. E por mais que, se eu

houvesse de escrever outro conto hoje, talvez não escrevesse *canopy* como foi escrito, tenho que manter a essência original do conto em respeito ao meu *eu* de 4 anos atrás, bem diferente da pessoa que sou hoje. Por isso valorizo essa história. Mais do que tudo, para mim ela representa transição, mudança e despertar.
Com muito carinho e amor entrego essa obra para todos aqueles que a leram e se interessaram por histórias da minha bizarra mente,
Marcos Aragão